历史之谜

少年科学推理小说

北京科学技术出版社
100 层童书馆

少年科学推理小说

历史之谜

魔鬼百慕大三角

〔法〕阿诺克·朱尔诺-杜雷 著
〔法〕奥利维·戴斯沃 绘
唐天红 译

北京科学技术出版社
100 层 童 书 馆

前　言

这个故事灵感源于发生在百慕大三角的真实事件。百慕大三角又称"被诅咒的三角洲"或是"魔鬼三角",位于佛罗里达海峡、波多黎各岛与百慕大群岛之间。

从形状上看,这一区域呈三角形。

从历史上讲,这是地球上最神秘、最危险的地方之一。

飞行员和水手们谈起这个地方都面带惧色:这里的海浪曾无情地吞噬了成百上千的飞机和船只,而且这些飞机和船只消失得非常神秘,没有留下任何痕迹,连残骸或是碎片都没有找到……

然而,在巴哈马与百慕大附近,这片大海又化为美丽的蓝色礁湖,那里是无忧无虑的度假者和富有冒险精神的潜水者的天堂。

在百慕大三角,美梦与噩梦就这样永远并存着……

序　幕

他越是观察他，越是觉得他泳技高超！他的动作幅度很大，姿势标准又有活力，最难得的是他能够近乎完美地控制呼吸，活像一只海豚。在潜水这一领域，可能其他人永远无法望其项背。如此流畅、轻快的动作，就算是著名潜水家雅克·马约尔也会对其赞叹不已。男人紧盯着前行中的年轻潜水者，后者对此丝毫没有察觉。男人想起了苏联和美国共同组织的一次科学考察，当时两国同时派人潜入了这片海域，意图查明飞机和船只在这里失踪的秘密——多么天真的想法！他们探查的海域就是后来闻名遐迩的"百慕大三角"。

　　雅克·马约尔也参与了这次探险，潜水正是他的强项，他真是个了不起的人物……在没有潜水衣和压缩空气的情况下，他潜到了水下 90 到 100 米的深度。他对大海非常熟悉，也是他最开始提出了这样的说法：百慕大海域海底的沙子具有磁力，正是磁力引起了巨大的旋涡，从而导致了众多无法解释的事故。

雅克·马约尔曾在一次电视采访中说道："我们将沙子拨开，几分钟之后它们就又回到了原来的位置。"他边说边用从海底拾来的棕褐色的沙子给大家演示，沙子的形状呈几何对称。他进一步解释说："沙子的大部分形状呈多边形。当时，我们不停地思索这些沙子的下面是什么：几千年前的文明遗留下来的金属建筑？比如说亚特兰蒂斯？"十多年以前，就在这个地方，这些潜水家还发现过一条水下道路，上面铺着巨大的石块，就像条高速公路一样。考古学家认为这是人为的产物，而地质学家则认为它是自然的杰作……

这两种意见相左的关键在于对亚特兰蒂斯的不同态度：前者相信亚特兰蒂斯是实际存在的；后者则认为那不过是一直流传的神话，而且这个争论很有可能还会一直继续下去。

除非……

第一章

颠簸的假期

马特尔·甘特将头靠在飞机的舷窗上，感觉自己像在做梦一样。这是一架小型旅游客机，此时它正飞行在百慕大岛屿上空，蓝色的天空似乎和大西洋蔚蓝的海水融为了一体。被绿树环绕的住宅，像是金色沙滩旁的多米诺骨牌。

　　当马特尔告诉他的朋友们他要去百慕大过万圣节的时候，他们都羡慕不已。百慕大？你运气太棒了！那可是人间天堂啊！

　　只是从飞机上望去，这"人间天堂"的轮廓看起来像是张凶残的大嘴，它的边缘与海犬牙交错……

　　马特尔微笑着，显然，他喜欢惊险和刺激！

　　他的姐姐莉莉就坐在他的身边，看他顾自在那里笑，就问："有什么好玩的？"

马特尔看着她：莉莉刚过完 15 岁生日，但是看着她那圆圆的脸蛋，金色的卷发，还有好奇的大眼睛，大家肯定觉得她也就 13 岁——其实那是马特尔的年龄。

"没什么好玩的，只是景色实在是太漂亮了。"

莉莉嘟嘟囔囔地说："嗯……漂亮得都不太真实了。"

"你为什么这么说？"

莉莉没有回答，而是挥动着她刚刚从座椅靠背的袋子中取出的纸巾。纸巾上绘着百慕大的旗帜：蓝底上印着著名的英联邦的红白米字，旁边还画着一艘正在下沉的船。

"人们总是在谈论这里的灾难，一点儿意思都没有。"

马特尔笑着说："哪有这么多有意思的事情。"

莉莉耸了耸肩膀。

说真的，任何人都猜不到他才是弟弟！自三天前他们到达哈密尔顿机场后，他姐姐就一直不太高兴。没人明白她为什么不开心，宾馆在圣·乔治岛上，拥有舒适的游泳池，美丽的海滩，有很多体育运动项目可供参与。

运动一般是和潜水有关的。他们的父母甘特夫妇，都是海下考古研究者，加入了一个叫"沉船打捞者"的团队，有时候马特尔和莉莉也会参加他们的活动。甘特夫妇梦想着能够发现海底的宝藏，甚至发现一些从未有人发掘出的秘密……总之，对他们来说，这个假期是休假与工作的完美结合。

很明显，对莉莉来说，这一切并不是那么惬意，即便她也和马特尔一样热衷潜水。他们6岁时就已经学会潜水了，他们的父母可想象不出来他们在水下怎么会觉得不舒服！

马特尔看着他的姐姐，问道："你不高兴吗？"

"没有。"

"别扯谎了，我都看出来了，要没有不高兴，你现在在干吗？"

"没事。"

"告诉我嘛！"

莉莉犹豫了一下，对马特尔耳语道："我了解到一些东西，让我很害怕，就是这样。"

"什么？"

"我现在不想说！"

然后，莉莉恼怒地一挥手，纸巾掉到了地上。

马特尔将它捡起来的时候，看了看周围。飞机里人不多：他们的父母、一对退休的老夫妻和他们的孙子，这家人就坐在马特尔和莉莉的后面，那个年长的男人皮肤呈古铜色、鹰钩鼻、高额头、长长的白发在脑后系成了一个发髻，他看起来有一定的年纪了，但是皮肤很光滑，几乎没有什么皱纹。让马特尔印象最深的还是他那淡蓝色、闪着近乎金属光泽的眼睛，还有他看人时的目光……让他不禁打了个寒噤。但很快马特尔又重新开始凝视着飞机外的大地、大海还有群岛。飞机还保持着一定的高度，下面的岛屿看起来就像是镶嵌在大洋中的一颗颗绿宝石。它们共同构成了一个三角形区域。

马特尔凝神欣赏着外面的景色，忽然一个声音响起来，几乎把他吓得跳了起来："你们知道为什么上面是海难的图景吗？"

马特尔和莉莉吃惊地转过头，说话的正是坐在他们身后的那个年长的男人。

两人几乎同时问道："什么海难？"

陌生人指着马特尔拿的纸巾:"我们看到的这个标志,上面画的就是一艘失事的船,下面这片土地就是在这次海难的基础上建立起来的。"

"什么?在海难的基础上?"马特尔和莉莉迅速交换了一下眼神。

"是的!很让人吃惊,是不是?"

马特尔和莉莉两人大眼瞪小眼。

"其实,这是为了向'旗舰海洋探险号'致敬,这艘船在 1609 年的时候把第一批开拓者带到了这个岛上。船本应一直开到弗吉尼亚。"老人详细解释道。

莉莉做了个鬼脸,插嘴说:"可惜这艘船不幸失事了!"

她和马特尔又交换了个眼神,然后叹了口气,好像在对他说:"你看,我说什么来着?"

就在这时,不知道安放在哪里的扬声器发出咝咝的声响,接着机组人员的声音响起:"大家好!我是米克机长,欢迎大家乘坐此次航班!希望大家在百慕大上空飞行愉快,我们努力使您度过一次难忘的旅行!下面请乘务员兼导游海伦和大家讲话。"

海伦从机舱里走了出来，并用英语和大家打招呼："大家好！"

她拥有一身古铜色的皮肤，穿着长度到膝盖的百慕大短裤和 T 恤衫，和平常的空姐穿衣风格完全不同。马特尔已经预感到了，整个空中旅行，还有这次假期，没有任何事情是寻常的。

"欢迎大家乘坐本次航班！请大家放松一点儿，飞机马上会有些颠簸，请收起小桌板，调整座椅靠背，系好安全带，"海伦微笑着继续说道，"一切都会如我们希望的一样顺利。"

马特尔觉得自己心跳加速：终于有点儿冒险的感觉了！他和莉莉不一样，他很喜欢这次旅行。在和家人飞往哈密尔顿之前，他就已经得知：百慕大三角是探险者的天堂。

海伦的声音又响了起来，她充满活力的语调，和她要说的话正好形成了鲜明的对比："大家可能已经听说了，百慕大岛屿并不总是那么'热情好客'。过去的五百年间，有两百多艘轮船曾在环绕着群岛的珊瑚礁中搁浅，16 世纪的西班牙商船、美国南北战争时期的蒸汽船、二战时的战船、豪华游轮、游艇、帆船……"

莉莉做了个鬼脸，用颤抖的声音说："我们真的有必要知道这些事情吗？"

他们的母亲说道："亲爱的，我们这次出来不仅是为了旅行，这是次要的。我们要亲身体验一下历史事件，这可是 3D 版的哟！"

马特尔笑了，而莉莉则皱了皱眉头："3D 版的历史？我还以为我们是来度假的呢……"

他们的父亲反驳道："海滩、棕榈树、阳光，这还不算是度假吗？"

"是有海滩，但是，刚刚听到的那些，我……"

莉莉的话没有说完就被打断了，因为飞机开始剧烈地颠簸起来。然后扬声器里传出了机长不大、却有些焦急的声音："我完全不明白是怎么回事……我们应该已经可以看到陆地了……现在却没有办法确定我们的位置……我不知道哪里是西方，我不知道哪里是西方！"

马特尔和莉莉后面的老人小声说道："别担心，这是假装出来的！米克是在为我们放映'复仇者'鱼雷轰炸机的纪录片渲染气氛呢。"

莉莉不安地问道："'复仇者'鱼雷轰炸机是什么？"

马特尔回答说："是1945年在这里消失的轰炸机。是在百慕大三角发生的第一起神秘事件，人们一直也没能找到这架失踪的飞机。"

莉莉看着马特尔，露出怀疑的神情。

"你可真是博学啊！"

马特尔不理会姐姐的讽刺，反正他也习惯了，他又向舷窗外望去：他们现在正在穿越雪白的云层，这景象真像是幻境……

飞机颠簸得更厉害了。

"据水手们说，在百慕大周围，海洋会忽然出现一道裂口，将过往的船只完全吞噬。"海伦继续用平静的语调讲述着，"船的残骸好像从人间蒸发了！船体就更不用说了，永远消失了！"

海伦坐在那里讲述，完全不受飞机颠簸的影响。她忽然加重语气说道："而且，飞行员也这样讲！每年都有很多像我们乘坐的这种小飞机在百慕大地区失去航向。飞机也像那些船只一样，神秘地消失在天空中……也许是消失在了时空断层之中，或者是强风摧毁了飞机。大西洋的这片海域确实有时会有很强烈的暴风雨。"

她稍微停顿了一下，又继续讲道："人们从未发现这些失踪飞机的痕迹，在卫星通信时代，我们有 GPS，有各种电子设备定位，提供我们的位置，可以说这些失踪事件真是诡异至极。因此，我们有了另外一个假设：也许失踪飞机是被劫持到外星球去了？哎呀，这些事……"

这时飞机像是被巨大的爪子给抓住了一样，忽然摇摆了起来。坐在后面的孩子们害怕地尖叫起来。

马特尔忽然起了一身鸡皮疙瘩，坐在他旁边的莉莉脸色煞白。

他们后面的那个目光诡异的男人笑容怪异。

百慕大三角地区

百慕大三角地区在地形图上看上去像一个三角形。"百慕大三角"这个名字是对神秘事件十分热衷的记者文森特·戈迪斯起的。1964年，他在《商船队》杂志上，首次使用了这个名字。事实上，选择的参照点不同，得到的海域形状也不一样：有时是一个三角形，有时是一个梯形或是椭圆形，还有可能是一个圆弧，而圆弧的顶点就在百慕大群岛附近。按美国海岸防卫官方组织的说法，"百慕大三角"或是"魔鬼三角"不过是人们的杜撰，这个地区只是位于美国大西洋西南海岸的一片平常海域。但是这个组织却也承认大量飞机和船只在此失踪的事实。

© Heritage Images/Leemage

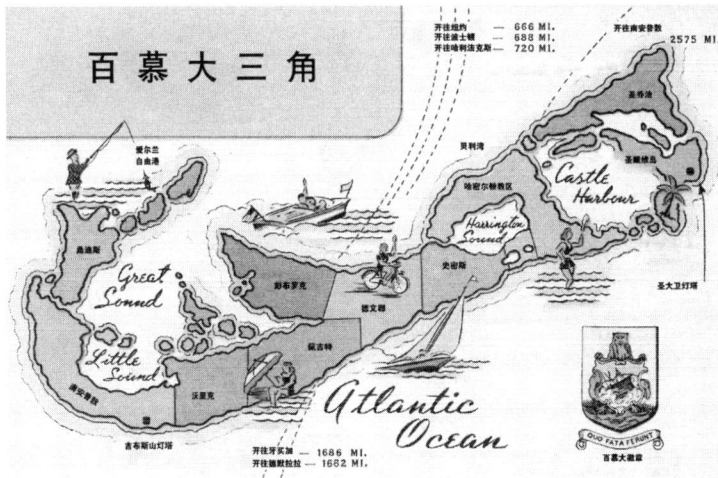

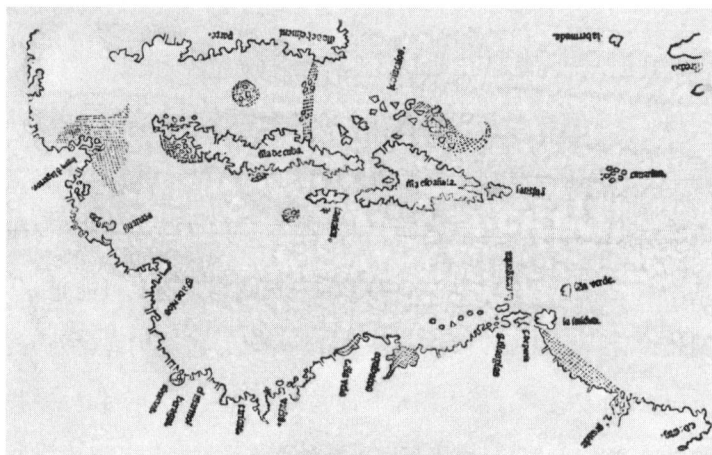

1511 年的"新世界"地图，此地图首次标注出了在 1505 年发现的百慕大群岛。

第二章

没有归来的飞机

飞机一直在颠簸，难道这只是一种幻觉？马特尔觉得喉咙有些干，但是他勉强自己集中精力去看海伦刚刚在飞机前端打开的大屏幕。

　　他们要观看的纪录片是要在机舱的壁板上播出的。

　　机舱内的灯光不停地在变幻，当屏幕上出现那5架轰炸机在灰蒙蒙、下着雨的天空消失的画面时，周围的灯光也变成了灰色的。发动机也发出了回响，声音从机舱的各个角落传出来：1945年12月，下午2点，隶属美国空军19中队的5架轰炸机，从佛罗里达州罗德岱堡航空基地出发。

　　这是一次常规飞行训练，飞行条件非常好……但是15时45分，中队队长查理·泰勒中尉，发出了如下信息：

"指挥台，请讲！请迅速回复！我们失去了航向……看不到任何陆地……我再重复一遍：看不见任何陆地！"

"请给出你们的方位！"

"我们不知道在哪里！我们失去了航向！"

"请向西航行！"

"向西？可是西在哪里？我们无法确定自己的方位！周围都是白茫茫的……大洋看起来也很奇怪……我们辨认不出任何事物！"

这段对话中传达出的那种惊慌失措的情绪感染了马特尔，他闭上了双眼。他喜欢恐惧感，这回可算是如意了！

飞机还在继续颠簸——或者说给人的感觉是在继续颠簸。让人觉得有些反胃……

屏幕上的纪录片还在继续，从某种意义上来说，这件事本身却让人觉得安心：

16时，地面控制台接收到了泰勒中尉最后一则消息，他将指挥权转交给一位叫史蒂文的上尉。这真是令人难以置信！泰勒中尉放弃了自己的工作！不大一会儿，史蒂文上尉也发出了最后一则消息，很明显，他认为他们的飞机正在墨西哥湾上空飞行！

16 时 30 分，19 飞行中队永远消失了……

水上救援飞机"马丁玛里尼"号赶来救援。它飞向呼救发出的地方，但是它也消失在了神秘的大自然之中……

接下来的好几天，海员和海岸防守的士兵动员了上百架飞机和船只搜寻飞机的残骸、碎片，或是机体……结果一无所获。这次飞机失踪事件十分神秘。

莉莉不屑地说："十分神秘，我看就是杜撰出来的！"

马特尔反驳道："不，这件事情是真的！"

"你怎么知道？啊，对，你什么都知道……"

渐渐地，机舱里的照明恢复了正常，飞机也终于不再颠簸了。

海伦忽然说道："大家刚刚听到的是在 1945 年发生的真实事件。我们留有 19 飞行中队与地面指挥台的对话录音，这个 3D 版的故事就是根据真实录音由演员重新录制的！"

她又微笑着补充说："大家有什么看法或者问题吗？"

甘特先生说："我们相信这件事的真实性。而且你们的四声道音频录制得非常成功！"

那位老妇人抱怨道："飞机摇晃得太厉害了。"

莉莉也咕哝着说："我也觉得，都快把我折腾病了。"

甘特夫人说："我的小可怜，你对交通工具还是那么敏感……"

"是，妈妈，而且这回飞机晃得实在是太厉害了，还有……"

马特尔忽然有种奇怪的感觉，他不再听他姐姐的抱怨了，而是忽然转头看向坐在他们后面的那个老人。他的感觉没有错，那个老人正盯着他，老人目光深处有种奇怪的光芒，像刀锋一样，让马特尔觉得很不舒服，于是他转过头，额头贴着舷窗，凉爽的玻璃让他感到很惬意。

飞机向机场飞去，开始准备着陆了，窗外又重新可以看见群岛、棕榈树和漂亮的海滩了……还有那有致命危险的珊瑚礁。

海伦又重新开始介绍了："现在我们习惯于把纪录片中提到的事件称为'19 飞行中队神秘失踪事件'，这件事只不过是接下来发生的一系列失踪事件的序幕。据统计，1945

年至 2006 年，这样的事件共发生了一百起左右。失事的不仅有飞机，还有船只……而且在每次神秘事件中，我们都没有发现任何蛛丝马迹。大家对这些不幸的事件有什么想法吗？"

坐在后面的一个孩子喊道："暴风雨！"

另一个说得更为详细："是卷龙风！"

他祖父更正道："龙卷风。"

"说得很好，人们对这些不幸的事件有很多科学假设，比如说，可怕的暴风雨，龙卷风、海底火山爆发、地震引起的巨大海浪，那海浪有可能高达 40 米……但是也有一些比较荒诞的猜测，甚至是让人有些不安的猜测……"

就在这时飞机忽然剧烈地晃动了一下，就像是忽然下降了一样。海伦也很吃惊，但是忍住了没有叫出声，很明显，这次晃动不是刻意安排的……

这次，不再是特技表演了，飞机开始快速下落，然后又猛地升高，连他们面前的氧气罩也晃落了。

马特尔觉得胃在翻滚，耳朵也嗡嗡作响，他紧紧抓住了座椅扶手。

莉莉大声喊道："我真受够了这倒霉的旅行！我要立刻回家！"

海伦立刻冲向驾驶舱，舱门在她身后咔嚓一声关上了。

为了给自己减压，马特尔像在潜水时那样，闭着嘴巴，捏着鼻孔呼气，心中不断地默念：飞机不会失事的，飞机不会失事的……他也吓坏了，大脑已经无法再去思索其他事情了。他那么喜欢恐怖的感觉，这回真的算是过足瘾了！

忽然，飞机又开始平稳飞行，机长的声音也响了起来："女士们、先生们……孩子们……不要担心，一切都很顺利。我们刚刚穿过了一个湍流区，我很抱歉。百慕大上空经常这样，当我们要着陆的时候，总会遇到些小意外！"

马特尔看了一眼父母，他们的脸色也有些苍白，但是脸上却带着微笑。

莉莉则脸色煞白地说道："我再也不坐飞机了！"

马特尔立刻反驳说："那你怎么回法国？我们这次只是运气不太好，没什么大不了的。"

这时海伦也重新回到了机舱，她说道："不对，我们经常会遇到这种情况！这里有很多飞机都没能再飞回去！但是，我们现在正在降落，你们马上就可以去游泳、散步，可以在百慕大享受假期了！"

第三章

大量的事故

他们到达了宾馆，莉莉和她弟弟住一个房间，就在他们父母的隔壁。莉莉躺在床上，打开了平板电脑。

马特尔也一样，往床上一躺，打开了电脑。姐弟俩还没有完全从惊险的空中旅行中缓过来，不想立刻出门。马特尔和莉莉的父母可一分钟都不想浪费，他们要去见一个能给他们提供重要信息的人。

莉莉对马特尔说："你在这儿真的玩得很开心吗？我可不是。"

"我看出来了呀！"

"其实爸爸妈妈他们是在工作。"

"是，他们是研究员嘛，所以要一直做研究。"

"他们到底在研究什么啊？哇哦……"

莉莉盯着平板电脑的屏幕，睁大了眼睛，嘟囔道："这情况真是比我原本设想的还要糟糕。"

然后她神情严肃地看着马特尔："好了，现在我可以告诉你了，这里不仅仅有飞机和船只会失踪。今天早晨，佛罗里达的一个宾馆整个都被吞进了一个叫'天坑'的洞里！从字面就能理解，就是说一个可以将人吸进去的洞。你看……"

然后她就给马特尔看她搜的照片。马特尔仔细地看着那张照片，不由得惊呆了——一栋现代建筑只剩下了废墟。

照片旁配的文字也让人很不安：

周一早晨，位于佛罗里达州迪士尼乐园附近的一座宾馆掉进了一个 5 米深、15 米宽的大洞里。幸运的是，没有人员伤亡。天坑在佛罗里达州很常见，因为这里的地质构造属于钙质黏土，很容易在雨后崩塌。

"这实在是太疯狂了！"

莉莉深表赞同："确实很疯狂，我可提醒你，百慕大的一部分正位于佛罗里达州的东端，你还喜欢这假期不？"

马特尔耸了耸肩膀："反正我们都已经在这儿了，还是好好享受这个假期吧！我已经等不及要去潜水了。"

莉莉说："我也是，至少潜水我还是喜欢的。你来吗？"

"去哪儿？"

"去潜水呗，傻瓜！"

"你才是傻瓜，现在还不行，我得先确认一些事情。"马特尔边说边联网。

"好吧……"

现在是当地时间 15 点整，那么法国就是上午 11 点。在平板电脑的搜索引擎上，马特尔输入了下面几个字："失踪 / 百慕大三角"。

电脑屏幕上出现了很多网址和视频，马特尔犹豫一下，然后点击了一个百科全书类的链接：

许多历史学家将百慕大三角发生神秘事件的开端追溯到了克里斯托弗·哥伦布的时代。但是"百慕大三角"这个词其实是 1964 年 2 月一个名叫文森特·戈迪斯的美国记者首次使用的，他曾在《商船队》

**杂志上发表了一篇名为"死亡之地百慕大三角"的
文章。**

马特尔又查了一下文森特·戈迪斯的信息。文森
特·戈迪斯是个作家，他对神秘事件十分热衷，曾写过很
多神秘事件。

马特尔正准备浏览一些文森特·戈迪斯的文章，这时，
他的平板电脑发出"滴滴"的声音，电脑上的时间显示是
12 点钟。接着电脑就黑屏了。

"该死，程序漏洞……莉莉？"

但他姐姐已经出去了，他都不知道她什么时候出门的。

马特尔按了按电脑的开机键，电脑又重新启动了。他
不禁松了一口气，开始重新搜索。这回他输入了"百慕大
三角 / 神秘事件 / 视频"。之后他被眼前出现的电影和纪录
片的数量惊呆了，真是太多了！

他点击了第一个视频：没有图片显示。接着他又打开
了第二个，一个黑白电影：一群度假者围绕着火堆在海滩
边露营，中间有一个老人在演讲，他长长的白发系成一个

马尾。马特尔皱了皱眉头。这个男人看起来特别像……

就在这时，屏幕定格了……接着又黑屏了。

马特尔按了几次启动按钮，都没什么作用。要是把电池卸掉呢？可能是接触不良引起的故障，但是就在他打算这样做的时候，电脑忽然又响起了"滴滴"的声音，屏幕上出现一些亮纹，闪了几秒钟，然后又没有什么反应了。

马特尔手里拿着电脑，气呼呼地穿过走廊，走到隔壁父母的房门口敲门。但是没有人应门，很明显，他们不在房里，而且莉莉也不知道去哪里了。好吧，他自己来搞定！

他乘电梯来到酒店前台，询问在前台值班的年轻男人："您懂电脑吗？"

"不好意思，您说什么？"年轻人用英语回答。

马特尔用英语重复了一遍，但是对方带着抱歉的神情摇了摇头："对不起，我帮不了您。"

马特尔很失望，他看了看自己周围。这个时间，酒店大厅里根本就没什么人，当然也没人能帮他了。

他又到了电梯前。好吧，不想这个事了，到室外去享受一下美好的假期……当然还有水下。他准备带着他的潜水面罩、透气管去潜水了。上次潜水，他看到了海胆和巨大的海螺，还遇到了蓝绿相间的鹦嘴鱼，它们那时正把珊瑚虫分泌出的海藻当作美餐来享用，实在是太美了！

马特尔正想去按电梯，这时电梯发出一声悦耳的铃声，然后电梯门开了。马特尔有些迫不及待地要离开酒店了，他立刻冲入电梯间……他吃惊地发现，一个男人正站在电梯里……

是那个眼睛奇异、白发梳成髻的老人，他大概是看出了马特尔的惊讶，于是笑着对他点了点头。

"你好啊，年轻人，这是我第二次遇见你了！你到哪一层？"

"四层，谢谢。"

老人按下了电梯的按钮，电梯门又合上了。马特尔一直低着头，他的手指下意识地抓紧了平板电脑。

"你的假期过得愉快吧？"

"很好。"马特尔生硬地回答。

"那你喜欢我们的云中之旅吗？"

"云中之旅？"马特尔心里诧异了一下，然后反应过来了。

"哦……还好，挺不错的。"

"只是'不错'吗？"

"飞机颠簸得有点儿太厉害了……我姐姐觉得有些恶心。"

"你没有不舒服吗？"

马特尔犹豫着要不要回答，父母告诉过他不要和陌生人讲话。但是说不清为什么，他觉得这个老人很熟悉。

为了让自己不那么尴尬，他盯着手里的平板电脑。

"你的电脑出问题了吗？"

马特尔心里想，"他怎么知道的？"但他还是解释说："这不是电脑，是一个平板阅读器。"

"这不是一回事吗？"

马特尔看了一眼这个老人：他已经上了年纪，但是却给人一种年轻的感觉。老人这会儿正目光炯炯地看着他。

"差不太多，和电脑很像，现在的电子产品都微型化了。"

马特尔忽然又燃起了希望，他问道："您了解电脑吗？它坏了。"

"它？"

"我的平板。"

"你的平板？"

老人又笑了。

"这地方，电脑经常会出故障。"

"真的吗？为什么？"

"哦，我们可以认为这是南大西洋一个典型的异常状况，所有的计算机工作者都知道。这种失常的情况从这里一直延伸到美国海岸，还有可能会一直影响到南非！停在百慕大三角上空的人造卫星也会遇到一样的情况。时空在这里会受到干扰。"

马特尔吃惊地重复着："时空……"

他想起了15点的时候，他的电脑却显示12点，之后就黑屏了。

"这怎么可能呢？"

"很简单，电磁波干扰信号使电子设备运转异常。刚才我们的飞行员应该就遇到了这种情况。"

"但是他跟我们说的是遇到了一个湍流区！"

"那是他的说法。"

马特尔盯着对方神秘的脸，他似乎知道很多事情……

之后他们没有再交谈，电梯终于到了四楼！马特尔感觉电梯好像比平时慢了很多……但是这应该只是他的感觉而已。

他礼貌地对老人说："再见。"然后没再看他，走出了电梯。

马特尔回到房间，他一按开机键，平板电脑立刻就启动了。马特尔看着蓝色的显示屏上满满的图标，惊讶不已。说真的，这实在是太奇怪了……

他把平板电脑放在桌子上，然后套上一件游泳衣，带上浴巾，去海滩找莉莉去了。他跟莉莉讲了刚才发生的事情，莉莉把他嘲笑了一番，说这件事情可一点儿都不奇怪！

马尾藻海

马尾藻海是大西洋中的一小片海域，大概长 3 千米，宽 1 千米，是一片十分特别的海域。

马尾藻海除了环绕着百慕大群岛的部分，构成了海岸，其他海域没有海岸线。起于佛罗里达州与巴哈马。墨西哥暖流流经马

马尾藻海底森林中的空地

尾藻海，这股强劲的暖流，对平衡气候起着至关重要的作用。顾名思义，马尾藻海中富含马尾藻，它也因此被称作"漂浮的丛林""漂动的沙漠"或是"恐惧之海"。事实上马尾藻海几乎没有海浪，或者说很少有海浪，这也是以前水手们掉以轻心的原因，就是今天，仍然有船员会轻视这片海域！"百慕大三角"传奇故事的灵感来源于这里，可不是偶然的。

第四章

在海底

第二天，也就是 10 月 31 日，马特尔和莉莉度过了美妙的一天：游泳、在海滩上休息、在海下潜水。他们还加入了寻找残骸小组。小组成员包括：两个教练、他们父母、另外两个成年人和两个 13 岁的少年。小组的目标是寻找距海岸 3 千米左右的一个沉船遗址，这个区域被叫作"船只的坟墓"。他们返回的时候，天都黑了，因此又看见了只有夜间才会出现的动物，这可真是一个庆祝万圣节的新点子！

　　他们坐橡皮艇来到了目的地，每个人都从头到脚全副武装：连体潜水衣、起稳定作用的背心、潜水面罩、橡皮脚掌、压缩空气瓶，还有潜水刀，然后他们两人一组潜入了水下。

开始的时候，马特尔游在莉莉和父母身边，一切都很顺利。身边流动的海水让他感到很神奇，好像是在飞翔一般。每次他潜水的时候，都会有这种感觉。他觉得全身都被包裹起来，被水流巨大的力量推动着，此刻大海被阳光照耀得闪闪发亮，海水在他的耳边簌簌作响。海水的颜色时而蓝、时而绿、时而泛着耀眼的金光，让人眼花缭乱！

他们继续向前慢慢游去，一点点潜得更深，一直到达了水下 20 米左右的深度。然后他们渐渐地分散开来，每个人都向自己感兴趣的东西靠近。马特尔着迷了，海下是截然不同的另一个世界，那无法描述的无限美景尽收眼底，他永远也不会感到厌倦。

十多分钟过去了，也许比这更久一些，事情开始有些不对头。马特尔觉得自己身体不受控制了，他被一股突如其来的巨大洋流推动着，一直到了一块白色的岩石附近，岩石的内部好像是空的。他呼吸急促起来，这似乎是一个岩洞……只是在入口处，海水蓝得十分纯净，他从来没有见过这么纯净，而且还猛烈地打着旋的海水。

马特尔心跳加剧，他扫视着周围，寻找父母的身影。

幸好，他们就在不远处，莉莉也和他们在一起。他伸出手，左右挥着，向他们示意自己遇到了问题。几秒钟之后，他父亲就过来了，他用力抓住马特尔的胳膊，然后他们一起游出了水面。马特尔的母亲和姐姐也紧随其后。

马特尔一上橡皮艇，就把面罩摘了下来，感叹道："太奇怪了！那到底是什么东西？"

他的父亲一边帮他把氧气瓶和背心拿下来，一边神色担忧地说："肯定是个'蓝洞'，我没想到离海岸这么近也会有蓝洞。你没事吧？"

马特尔说："嗯，还好，不用担心，我没有受伤，就是有点儿害怕。"

虽然还惊魂未定，他还是追问道："'蓝洞'是什么？"

"是一种洞穴。这个区域有好多个，但一般都是在远海区，有时候它们会十分危险。"

因为甘特先生对这方面比较了解，不管怎么说，他是海下考古专家嘛，所以当其他的潜水者也上岸后，他告诫大家在这片海域，有惊人的钙质岩洞。

"距今大约 1200 年至 1500 年前，一些岩洞变成了'蓝洞'，它们的周围海水运动十分剧烈……"

甘特夫人补充说："剧烈到可以将船只吸进去。"

甘特先生又接过话头："而且，这些岩洞深处可能有很多船只的残骸！但是只有专业人员才有可能进去勘探。有些岩洞中间有通道连接……就像海底的秘密通道！"

莉莉很感兴趣，问道："你去过那里吗，爸爸？"

"当然了，这是我工作的一部分……也是你妈妈的工作！"

甘特夫人进一步解释说："我们去的时候，是几个人一起的，而且有严密的安全保护措施。不然可不能去那些区域冒险，那实在是太危险了。"

其中一个教练一边发动了橡皮艇一边赞同道："确实是太危险了，潜水时事故发生得总是很突然。好了，我已经定好位了，今天晚上我们可要加倍小心！要一起行动，一定要远离'蓝洞'！"

马特尔听了他们的话，觉得难以置信，但是事实上他刚才确实是被一股洋流推到了蓝洞前……

和他们一起的一个成年人也插话说："还有'黑洞'，

但黑洞是在太空中，是巨大的恒星在寿命终结时爆炸形成的。"说话的这个人长得又瘦又高，留着一头乱蓬蓬的棕发。

另外一个潜水同伴补充说："在大西洋上有，没准在这片区域也存在呢。这是一种强旋涡，可能大西洋海底测试与评估中心对它们会感兴趣的。你们听说过这个组织吗？"

除了甘特夫妇，其他人都摇了摇头。

"这个测试与评估中心就位于巴哈马的安德罗斯岛上，在百慕大的正中央。那里驻扎着美军，大家不太清楚他们到底在做什么，但是肯定是在进行什么海底实验。在那个地区，有一个深得令人难以置信的海沟，那里可能是一个研究不明飞行物的基地……"

甘特先生说："这是著名的'海洋之舌'，在150千米的距离以内，它的深度就可能从3米变化到2千米。英语中也将它叫作'海洋之舌'并将其简称为'海舌'。"甘特先生边说边看着马特尔和莉莉。

"海舌？"二人吃惊不已，异口同声地问道。

"对，而且这可不是开玩笑的！"

甘特夫人也说："确实如此，据说在这个'海舌'中，基地进行了一些很有可能是扰乱了电磁场的实验。"

马特尔忽然想起那位老人对他讲的磁场被扰乱的事情，他说的也许和这件事有关。

他原本还想问的，但是他打住了，反正他们已经来到海岸了，晚些再问父母吧，如果之后他还能想起这件事的话！

一个潜水员又谈起了不明飞行物研究基地的事情："据说这个地区的人们经常在天空中发现不明飞行物，而且还有人说这是个外星人的海底观察区，他们会清除那些妨碍他们的飞机和船只……"

马特尔用余光看到他姐姐的脸已经吓白了。说实在话，他心里也不是那么安稳！但是尽管这样，他还是想了解更多的事情。

那天晚上，他们一行人登上了橡皮艇，驶向上午已经定位好的地方。此刻墨水般漆黑的大洋上还点缀着一点儿落日的余晖。

除了平常的装备，他们还带上了潜水用的手电筒。

温热的海风吹来大海的味道，天空中没有一朵云彩，也看不到星星。马特尔滑入漆黑的水中，瞬间起了一身鸡皮疙瘩。这不是他第一次在夜间潜水了，但是这片海域里发生的各种神秘事件，使得这次潜水变得不同寻常！

马特尔像之前那样，平静地吸气、呼气，几分钟之后，他就不再感到恐惧了，随之而来的是深深的惊叹。手电筒散发出的蓝色光圈照耀在大海上，像是海面上缀满了星星，太美妙了！莉莉在他身边不断地做着"OK"的手势，向他示意一切顺利……他们前面是他们的父母，还有一个教练。他们后面是另外两个年轻人和另外一个教练。

一切都很顺利。

潜水者们的手电筒光芒照到海水中，将海底的海藻照成了半透明的绿色。在这里还能看见奇形怪状的鱼，金色的贝类……黑夜中的海底世界与白天的是如此的不同！

然后他们潜得更深了一些……

海水的颜色更深了，更昏暗了。

忽然，马特尔觉得自己好像看到了蜥蝪鱼……还有一只章鱼，它长长的、柔软的触须在海水中弯曲着、漂动着。

马特尔被迷住了，想跟上去，他加快了速度，摆动着双脚想游得更快一些。他没看见莉莉刚刚对他伸出了大拇指，她已经开始准备回到水面了。马特尔游向那只章鱼，伸出一只手想要去摸它，但是章鱼躲开了。

忽然，马特尔头顶漆黑一片。他抬起头，看到了一条巨大的鱼，它的鱼鳍像是两只尖尖的翅膀：是一条鳐鱼！

马特尔肾上腺素剧增，但是他努力让自己保持镇定。

虽然鳐鱼的外号是"海中恶魔"，但从理论上来讲，它并没有攻击性……

在"魔鬼三角"遭遇"海中恶魔"……情况还真是不妙啊！

马特尔心跳加速，但是他提醒自己不要贸然行事，要保持呼吸平稳。马特尔慢慢地用手电筒照了照周围，他看到了一个像是山洞入口的地方。

又被他给遇到了？可不能接近这个地方！万一是个"蓝洞"就糟糕了……可是洋流变得凶猛了！出于求生的本能，马特尔立刻抓住了一块岩石，然后用目光扫视四周，寻找父母的身影。

天啊，这条鳐鱼挡住了他的视线。它就在离他两三米左右的地方，几乎一动也不动。它是在伺机而动吗？还是准备好了要向他发起进攻？它为什么不走呢？

马特尔觉得自己的血液都凝固了。现在他不仅落单了，而且被挡在了鳐鱼的身下，没有人能够看见他！

他意识到自己的呼吸声越来越大了，他强迫自己保持理智，用不了多久，就会有人来找他的。他头上的手电筒固定得很好，不会掉下来，父母可以循着亮光找到他，氧气也足够，即使呼吸急促，也不会有缺氧的危险。

至少，只要这条鳐鱼不攻击他，他就不会有危险……

马特尔待在原地开始数数：1、2、3、4……数到 10 的时候，他父母肯定就会来找他了，一定会的！但这些安慰都是徒劳的，其实他心里已经慌了，他还从来没有处于这么危险的境地中过。

就在这时，在手电筒光的照射之下，马特尔看到沙子中有什么在闪光，那亮光是在离他的橡皮脚掌几厘米远的一束海藻中间发出来的。他看着这光，犹豫着要不要潜过去看看是什么东西，他担心手一松开岩石，自己就会被

"蓝洞"吸进去。

于是他用脚尖碰了碰沙子，听到了金属碰撞发出的声响，接着看到了一个小小的，长方形的东西，是一个盒子吗？马特尔受好奇心的驱使，小心翼翼地弯下腰，把那个物体从缠绕着它的海藻中拽了出来。

没错，是个盒子，大概长10厘米、宽6厘米。在手电筒的灯光下，他看清了，盒子确实是金属做的，但锈得很厉害，上面的字迹几乎都看不清楚了：波……特，波特？看来并不是什么重大的发现！但是他还是把盒子握在了手里，他不安地看向那条鳐鱼，不禁吃了一惊，鳐鱼终于要游走了！谢天谢地！

与此同时，周围的海水也没那么昏暗了，马特尔看到远处有四个潜水员正朝着他的方向游过来：那是他父母和两个教练。他绷紧的神经马上放松了，差点儿就松开岩石向他们打手势了。但是他们已经看到马特尔了，快速地朝着他游了过来。

几秒钟之后，他的父母一人拽着他的一只胳膊，向前游去，一直到浮出海面才松开……

第五章

较量

"天啊，终于找到你了！"

"我们吓坏了！还以为你失踪了呢！"

马特尔一上岸，大家就都围了上来。

他摘掉了面罩，贪婪地呼吸着新鲜的空气。也难怪大家担心，他这次海底小冒险差点儿变成了严重的事故……

他自己也说："真是虎口脱险啊，我遇见了一只长着长触须的章鱼，还有一个岩洞，可能是'蓝洞'；然后一条鳐鱼又挡住了我的路！我还发现了这个东西。"说着，他拿出那个小盒子。

他想把盒子打开，可是却没有成功。

莉莉嘟囔道："算了，这东西没什么用。"

"你怎么知道没用呢？上面还有字呢，你看，写的是

'波……特'。"

"波特？那是鸟的叫声吗？"他姐姐讽刺道。

"哈哈哈！你嫉妒我，至少我没空着手回来！"

"切，不过就是个生了锈的破盒子。"莉莉说。

他们的父亲用打趣的口吻说："不好说，没准里面有什么宝藏呢，比如说19世纪的珍珠……"

他们的母亲也跟着说道："或者是金子！"

组里的一个年轻人开玩笑说："还有可能是垃圾！"

马特尔没有理会他们，把盒子放到了潜水包的内层口袋里。在橡皮艇返航的途中，他一句话都没有说。他的心跳还是有些快，而且他饿坏了，刚刚经历的事情对他来说太惊心动魄了！

回到海滩，趁着父母与其他潜水员交谈之际，马特尔离开了。他迈着机械的步伐走向另一队人，那些人在离他们有50米的地方露营。莉莉喊他，他也没有回头。他想要自己静一静，好好思索一下刚刚发生的事情。他的脑海中还一直在想那条鳐鱼，还有那股强劲的差点儿把他卷走的洋流！为什么总是他遇见这些倒霉事呢？

马特尔呼吸着海边的空气，忽然闻到一股浓浓的，木头燃烧的味道，他还听到了火苗噼里啪啦的声音、轻轻的说话声……他的感官似乎忽然变得无比敏锐。他继续向前走，当他看着那群围着火苗露营的人时，忽然感到这个场景似曾相识：一群人围坐在海滩上，中间是一个正在演说的人……

白色的长发！他不用靠近就已经认出了那个演说人是谁。

他像个 20 岁的年轻人一样，盘腿坐在沙地上，他的声音充满了激情但是却又很低沉，大家不得不竖起耳朵仔细倾听。

马特尔觉得喉咙有些发干，站在那里一动不动。这恰恰就是他在网上看到的那个黑白视频里的场景，但是由于电脑忽然发生了故障，他没有看完。

这时，那个老人朝他做了一个手势，让他过去。马特尔像是被催眠了一样，顺从地走了过去。

老人说："快坐下，我看你需要补充一下体力，这里有饼干和果汁，你随便享用。"说着他指向一个篮子。

马特尔觉得心里很乱，向老人道了谢，然后坐在两个人中间，他已经没有胃口了。

梳着白色发髻的老人又继续他的演说了："好，为了新加入我们的成员，我来自我介绍一下，我的名字叫莫·亚特兰蒂斯，我是个作家，讲故事的人，也是个旅行爱好者，还是专业潜水员。我曾经在非洲、亚洲、欧洲生活过，几年前在百慕大定居。我一直在寻找宝藏，这和你的父母有些相似之处，是不是？"说这话的时候，他看向马特尔，"一些著名探险家探索过的区域，我也探索过。比如说泰迪·塔克，这个世界著名探险家……"

他停顿了一下，然后微笑着说："但是我可能是唯一得到过鳐鱼指引的人，每次我得到什么珍贵的东西，都是在一条鳐鱼的指引下发现的。我非常感谢这种神奇的软骨鱼，它的鱼鳍伸展起来可以达到9米……能将人完全覆盖在它的羽翼之下。"

虽然周围的光线很暗，但是马特尔还是能感觉到莫·亚特兰蒂斯在盯着他，他打了一个冷战：这个人知道发生在自己身上的事情。

莫·亚特兰蒂斯继续说："虽然泰迪·塔克没有遇见鳐鱼，但是他还是发现了很多残骸，在百慕大非常出名。他曾发现过一个著名的上面镶嵌着 7 颗绿宝石的黄金十字架，那是 16 世纪的东西，一个非常罕见且价值连城的十字架，你们肯定可以想象得到。可惜啊！就在 1975 年英国女王要来访问的几个小时之前，这个十字架在海洋博物馆神秘地失踪了！这件事情一直到现在还是个谜，没有人能解开。"

一个人问道："没有人找到这个十字架吗？"

"据我所知没有。"

大家沉寂了一会儿，在火光的照耀下，莫·亚特兰蒂斯的眼睛里泛着奇怪的光泽，一种类似金属的光泽，这目光马特尔之前在飞机上也见到过。

莫·亚特兰蒂斯又热情饱满地说道："现在我来给大家讲一个故事。毕竟大家聚在这里是为了听我讲百慕大的神秘事件的！我总得履行我的诺言。"他忽然露出了一点儿调皮的神情，"诸位下榻的宾馆的负责人要求我给大家讲一讲这里的传说，但是无风不起浪，要是没有真实事件，也就不会有传说……"

他清了清嗓子，继续说道："故事开始于1492年，哥伦布来到巴哈马的时候，大家可以设想一下这个场景：他的轮船被困在了马尾藻海域，那片海域离我们这里很近，那里长满了海藻，阻碍了船只的前行……那片海域是世界上唯一没有海岸的海域，就在百慕大三角的中心地带。"

马特尔看了看他周围，发现所有人都入迷地听着故事。他也一样，他都忘记了自己在海底的危险经历了。

莫·亚特兰蒂斯停顿了一下，然后说："当时哥伦布船长在他的航海日志上记录了一些奇怪的、反常的现象：指南针失去了方向，他似乎还看见了一个巨大的火球落在了海中。另外一件值得关注的事情就是：海难，没过多久，17艘载满了奇珍异宝的帆船，1502年7月4日返回西班牙的途中在百慕大海域神秘失踪。这是第一起记录在案的事故。事故发生的原因是一场来势凶猛的龙卷风！百年难遇的一场暴风雨……"

莫·亚特兰蒂斯带着神秘的语气，好像是在讲一个重大的秘密："我的朋友们，事实上，这是我们唯一一次可以为船只失事做出合理解释的事故。在这个仿佛受到了诅咒的三角区，大多数的失踪事件发生时，其实都没有遇见坏天气，飞机也好，轮船也罢，都没有发出过 SOS 求救信号。最出名的海难当属 1918 年的库克罗普斯号，这艘运煤巨轮，载有 300 个船员，装备着无线电，然而，它却在没有发出任何求救信号的情况下，就在百慕大地区沉没了！近 25 年以来，很多飞机与游艇也毫无征兆地从这里蒸发了。在当代通信设备如此发达，有 GPS 全球定位的情况下，他们怎么会就这样失踪了呢？我们总能寻到一点儿蛛丝马迹吧？可惜完全没有，它们好像被大海吞没了一样！对于这样的失踪事件，我们完全找不到合理的解释。"

"当然可以找到啦。"一个人反驳道，这个声音马特尔非常熟悉。

当然熟悉了……是他的父亲！马特尔看到父亲，松了一口气。但是莫·亚特兰蒂斯对于被人打断显得不太高兴，他说道："您说什么？"

甘特先生冲着他的儿子眨了眨眼，然后坐在他身旁说道："1985 年，一艘输送石油的轮船，在北海遇到强烈的气体喷发，几乎沉没。这场喷发是海底火山爆发引起的，因为有影像资料留了下来，所以我们知道当时发生的事情。"

莫·亚特兰蒂斯说："好，那又怎么样呢？这故事挺有趣，就是有些跑题了。"

甘特先生重复了一遍莫·亚特兰蒂斯的话："跑题了？"然后他笑了起来。

"没关系，我邀请您去看看我一个潜水同伴的实验，他也是一个物理学家，他刚刚跟我说，他打算和朋友一起做一个实验，他想向我们证明，如果海上忽然有船只沉没，无论是大船还是小船，这都是奇特的物理现象，但是确实是属于科学范畴内的。"

他停顿了一下，好像是有所顾忌："这是海洋胀气。"

马特尔惊奇不已："什么？"

他知道"胀气"这个词的意思，但海洋怎么会腹胀……肯定是他父亲弄错了！

甘特用打趣的语气说道："对，你没听错。海洋中的某些地方存在着气体……简单说就是一种空气吞咽症。"

除了他自己大家都笑了起来……

雅克·马约尔

（1927 年—2001 年）

雅克·马约尔有"海豚人"的美誉。他是世界上首位屏气潜入海下 100 米的潜水家，这在当时绝对是一项世界纪录。他通过练习瑜伽，观察海豚，学到了水下呼吸的技巧，对自由潜水者产生了极大的影响。

© Farabola/Leemage

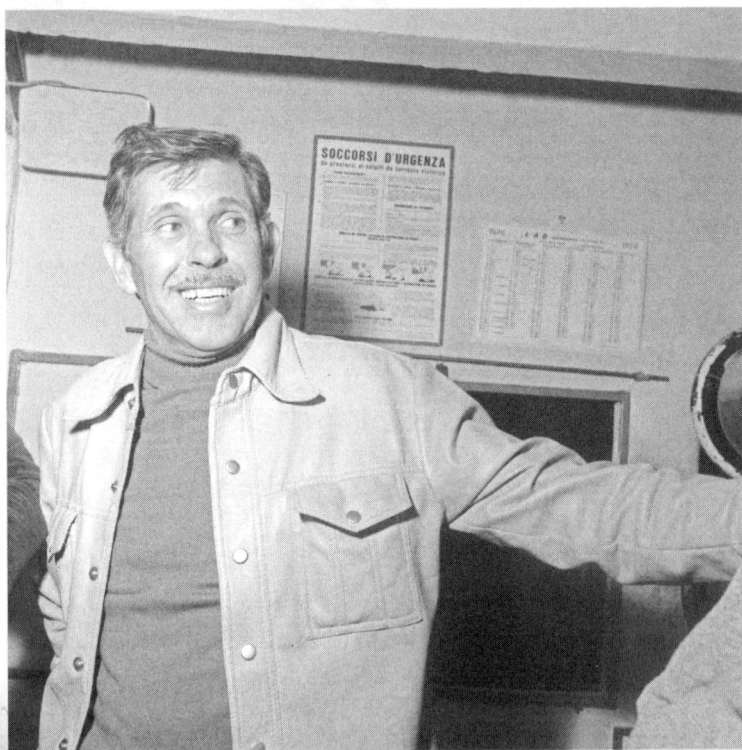

20世纪70年代,雅克·马约尔参加了由美国和苏联共同组织的针对"百慕大三角"的科学探险活动,此次探险的目的是查清在此处消失的飞机的秘密,当时有种说法认为这些失踪事件是由磁场的扰乱引起的。20世纪80年代,由吕克·贝松执导的电影《碧海蓝天》获得了巨大的成功,电影中的原型人物雅克·马约尔也成了一个活传奇。

第六章

让人震惊的真相

晚饭后，大家在一个小海湾的海岸边相聚。海湾远离主海滩，此时太阳还炙烤着大地，海滩上几乎没什么人。

于格·赛里教授留着乱蓬蓬的棕发，他就是前天晚上提及"黑洞"的那个潜水者，马特尔对他印象很深。他当时就应该想到他是个科学家！于格·赛里教授目光炯炯地注视着大家，好像担心自己的思路被打断，他滔滔不绝地给大家讲他的观点：

"那些气体，其实就是甲烷，普遍存在于大海之中。在百慕大三角，甲烷含量非常高！简而言之，这些存在于沉积物中的气体具有挥发性，当海底发生震荡的时候，气体很容易泄漏……当然海底总是处于运动之中。只是有的时候，海底还会发生地震，那我请大家设想一下，这种强度的震荡会产生的后果！”

“砰！”马特尔和莉莉交换了一下眼神。

赛里先生看着围在他身边的这些“残骸打捞”组的成员，其中就有甘特夫妇，还有一些前天晚上听莫·亚特兰蒂斯讲话的度假者，他们流露出怀疑的神情。赛里先生赞许地说：

“对，会‘砰’的一声发生爆炸。问题的关键在于是不是就是由于这种气体爆炸，改变了水的密度，因此会在大洋中形成一些坑洞，而倒霉的船只如果正巧在那时经过的话，就会沉没！而且可不是只有小船才会遭遇这样的事情，对吧？1918 年的库克罗普斯号，那可是有 300 个人乘坐的大船。1963 年的“硫黄女王”号，是艘长 150 米的运油船！还有数不胜数的例子……”

他沉默了片刻，然后又用充满激情的口吻说：

“今天，在经过了几个月的理论分析后，我要做一项还从来没有进行过的实验，我的朋友卢卡斯会做我的助手。”

说着，他指了指一个四十岁左右、褐色皮肤的男人。

“他是电影特效专家，我们设计了一个特殊的装置，装置启动后会使那边那艘船沉没。"

所有人的目光都看向了离海岸大概有 8 米远的那艘船。虽然离海岸很近，海水的深度已经足够使它行驶了。马特尔看到一个巨大的吸尘器一样的机器，机器上面绑着长长的管子，一直延伸到水里。

"我们的目标是制造一场小范围的甲烷气体爆炸，类似于在北海发生的那场事故。那次事故中一艘运油船差点儿沉没。"

马特尔插话说："我父亲说那是由于海洋胀气。"

有几个人笑了起来，但是于格·赛里马上说道："这个词听起来好笑，但其实用得很好，气体聚集过程确实很像'胀气'。问题就在于当气体太多了的时候，它就会爆炸。为了证实这个物理现象，我们已经在船体上凿出来一些小洞，并在小洞上安装上了管子。然后通过放在沙地上的这个大管子……"

他指着马特尔拿起的一根管子说道："我们会输送一些性质和甲烷类似的气体，当然了，不会像甲烷那样危险。然后气体会从船体下面，经由那些小孔排出。"

莫·亚特兰蒂斯不以为然地说："认真一点儿好不好，这是什么鬼东西啊！好像一艘摩托艇能与一艘货轮或是运油船相提并论似的！"

"先生，要是您有疑问，可以暂时保留。我们的目的仅仅是论证一个永恒存在的物理定律，而且……"

莫·亚特兰蒂斯反驳道："先生，在大洋中没有什么是永恒的。"

大家都不说话了，气氛有些紧张。马特尔看了一眼他的父母，他们对着他笑了笑，意思是不用担心。

莉莉不耐烦地说："我们可以开始实验了吗？天好热。"

马特尔也说："嗯，太热了。"

所有人都汗流浃背，除了莫·亚特兰蒂斯，可是他既没有戴凉帽也没有戴棒球帽。

于格和卢卡斯安装好机器，检查了船底的牢固性，然后将气体放了出来。

"一、二、三……开始！"

周围响起了照相机和摄像机"咔嚓咔嚓"按动快门的声音，接着是船开动的隆隆声，并伴随着水流的汩汩声，最后是船开动后激起的水声。

马特尔入了迷，向前迈了几步。

于格制止道："别靠得太近！"这时小船在大量的水流的作用下摇摆了起来。

所有人都盯着小船，虽然船摇晃得很厉害，但是却没有翻。

莫·亚特兰蒂斯嘟囔说："看来行不通。"他的语气中透露出一丝得意。

于格做出了结论："我认为气泡产生了垂直运动，减弱了气体的压力……我们试试其他的办法。我们使气体和水流向同一方向运动！卢卡斯，你能改变一下船的位置吗？"

卢卡斯按照于格的指示做了。于格一上岸，立刻就实施了他的新方案。

船下的小波浪渐渐变成了大波浪，然后旋转起来，最后变成了小范围内的巨浪。忽然，在强劲水流的作用下，小船开始有些不稳了：它一会儿前倾、一会后摇……慢慢地船尾沉了下去。人群发出了一阵惊奇的呼声。

卢卡斯喊道："成功了！"

所有人的目光都凝视着开始渐渐消失的小船……

于格很兴奋,确信地说:"30秒后,小船就会彻底消失了!"

马特尔在心里默默地数数:1、2、3、4、5……

当他数到30的时候,小船已经完全沉没在海中了,海面上只留下了一些气泡。

于格宣布:"我们的猜想得到了证实!气体爆发的确可以使船只沉没。"

掌声响了起来。于格对莫·亚特兰蒂斯露出了胜利的微笑,但是后者双臂交叉站在那里,脸上仍是一副怀疑的神情。

于格继续说道:"我们刚刚制造出了海洋胀气,我来简短地解释一下其中的科学原理:气体爆发会大幅度降低水的密度,没有船只可以在这样的水上行驶,不论是小船还是大货轮!最危险的是,如果这种气体进入到空气之中,同样会对飞机产生巨大的威胁。"

卢卡斯总结道:"这也同样解释了那些飞机神秘消失的原因,这是双重印证。百慕大三角的秘密揭露了!"

于格说："只能说揭露了一部分。我们还要搞清楚为什么从未发现飞机和船只的残骸、碎片。我们可以假设爆炸的力量使它们变成了粉末，然后被海洋吞噬、消解并自我更新了。在大自然的强大的腐蚀力量下，不可能再留下任何痕迹……"

马特尔听了很受震动，他向父母望去，他们正等待着与教授交谈，莉莉也待在父母身边。马特尔也准备过去，莫·亚特兰蒂斯悄悄抓住了他的胳膊。

他悄声说："打扰你一下，我有事情要问你。"

马特尔既吃惊又有些不舒服，他看向对方，问道："什么事？"

"我想和你私下谈谈。"

"可是……"

"拜托了，我不会耽误你太长时间的。"

马特尔心里虽然并不情愿，可还是跟在了老人身后，他被引到了几米开外的一块巨大的岩石那里。莫·亚特兰蒂斯后背靠在岩石上，神情特别严肃地望着马特尔。

"你相信这个实验吗？"

“呃……我相信。”他越发吃惊了。

难道莫·亚特兰蒂斯是为了问他的意见才把他领到这里来的吗？

“那太好了。我不相信，但那是我的事。好吧，有天晚上你潜水的时候找到了一个盒子，是吗？”

马特尔呆住了：“您怎么知道？”

“我就是知道。你能把盒子给我看看吗？”

“我没带在身上。”

“这样啊，那今天晚上你能把它带给我吗？”

“带到哪里？”

“宾馆对面的海滩。”

马特尔觉得喉咙有些干，他摇了摇头。

“我没有权利……”

莫·亚特兰蒂斯盯着马特尔的眼睛，轻声说道：“你不需要得到任何人的允许。相信我，马特尔，这件事非常重要。我必须要看看盒子里装的什么东西。”

那金属般的光芒在莫·亚特兰蒂斯的眼中消失了，他的表情看起来甚至很焦虑，这让马特尔有些犹豫。他无法将目光从他脸上移开，只好低声说："可是盒子锈得特别厉害，根本打不开。"

"我也许可以打开。如果我能打开盒子，那大概就可以发现一个秘密，而你是唯一和我分享这个秘密的人。"

马特尔默默地看了看莫·亚特兰蒂斯，打不定主意。恰好这时莉莉叫他了，他给她打手势说马上过去。

"不好意思，我得走了。"

"那今晚见。"

"如果我来的话，会带我姐姐一起来。"

莫·亚特兰蒂斯轻轻皱了皱眉头："不，你独自一人来。我会在午夜12点整，在宾馆对面海滩上的篝火旁等你。"

"那我要是不来呢？"

"那就太遗憾了……"

从现实到传奇：蓝洞、甲烷气体与失踪案件

　　一些研究员试图证明在百慕大地区发生的飞机、船只失踪案件并没有任何神秘之处。他们认为人类的弱点、恶劣的气候与海洋异常足以解释所发生的一切。比如说1945年发生的美空军19号机队失踪事件，应该可以证实是由驾驶失误导致的。

　　有些"蓝洞"——海底岩洞，非常深，这样的"蓝洞"在百慕大地区为数众多，也可能是引起海难的原因，这些洞穴有时会产生巨大的旋涡，十分危险。因此，有些人把"蓝洞"与太空黑洞相提并论，认为它们是通向异度空间的入口。

在海底沉淀物中存在的甲烷气体，会引发海底爆炸，研究人员对这一现象也进行了研究，力图证明这种海洋胀气是对百慕大三角失踪事件的一种最有说服力的解释。因为，在气体喷发之后，海水密度下降，轮船在这种状况下如何能够继续行驶呢？船只会像1963年的"硫黄女王"号一样，在顷刻之间沉没。

© Shutterstock/Rich Carey

第七章

秘密

那晚在宾馆的饭店用晚餐的时候，甘特夫妇谈了很多关于于格和卢卡斯实验的事情。

他们还邀请了其他科学家和潜水者与他们一起用餐，饭桌上谈论的几乎都是实验的事。他们的热情太高了，马特尔根本没有机会跟他们讲莫·亚特兰蒂斯的事情。但是单独和姐姐在一起的时候，他立刻把这件事告诉了她。

莉莉极力反对："你绝对不可以去赴约！你不明白吗？要是他是个危险人物怎么办？"

"他看起来不像坏人。"

"难道他脑门上会写着'我是坏人'吗？"莉莉考虑了一下，然后目光炯炯地看着马特尔："好吧，你要是去的话，我陪你一起。"

很明显，她的好奇心也被勾起来了！

马特尔有些为难："可问题是，他想让我独自去。"

"好吧，你瞧着办吧！"

莉莉耸了耸肩膀："那我悄悄地跟着你！然后藏起来。"

"藏在哪里？"

"我不知道。我会随机应变的。"

"但是要是他看见了你……"

莉莉吃惊地看着马特尔："那又怎样呢？"

"我不想浪费这个机会，我想知道他的秘密！"

"他的秘密，他的秘密……"

莉莉皱着眉头，来回踱步。

"要是他跟你胡说八道呢？其实，我越想越觉得他是在骗你，想把你拉上什么贼船。"

"哈哈哈！是一艘要沉没的船吧？"

莉莉向他翻了个白眼。

"很逗？你想自己去，是因为你并不知道自己在做什么。你知道有个谚语吗，'好奇害死猫'。"

马特尔禁不住笑了："你这么说是因为你害怕"。

"是因为我脚踏实地！我是你姐姐，你应该听我的话。"

"这是你自己一厢情愿。"

二人开始争吵了。他们总是这样，讨论事情时，只要意见不统一，最后就会吵起来。

马特尔气鼓鼓地去刷牙、洗澡，然后换上干净的短裤和 T 恤衫。不管姐姐怎么想，他打定主意午夜的时候都要去见莫·亚特兰蒂斯。

他一句话也不讲，在自己床上躺下，打开平板电脑，玩了起来。莉莉在旁边的床上赌气，读一本厚厚的小说。马特尔想对她说要是她真的想一起去，只要找到一件隐身斗篷就可以……但是他忍住了没说，莉莉肯定不会欣赏他的幽默的。

他揉了揉眼睛，打了个哈欠。真希望午夜快点儿到来……

一轮红色的圆月挂在天空，马特尔走向了离海岸几米远的篝火营地。这个时间，海滩上，甚至是水下竟然都还有人。也好，这样他就不会单独面对莫·亚特兰蒂斯了！莉莉也会安心的，他的父母要是得知这件事情，也不会担心了！当然马特尔没有把午夜要去见莫·亚特兰蒂斯的事告诉父母，他离开房间的时候莉莉也正在熟睡。

沙子踩在脚底出乎意料的清凉、柔软，那个金属盒子就装在马特尔短裤的口袋里。

莫·亚特兰蒂斯连头都没回就对他说道："你能来，我很高兴。"

马特尔在他身边坐下。莫·亚特兰蒂斯的脸在火光照耀下，显现出一片片阴影，看起来有些骇人。但是马特尔却丝毫不觉得害怕。

他把盒子递过去："我把它带来了。"

"谢谢。"

莫·亚特兰蒂斯把盒子拿在手心里看了片刻，然后用指尖慢慢地轻抚着盒子上的字迹，就像是个盲人在读盲文一样。

他低语道："波……特，我就知道是它。"

马特尔沉默片刻，问道："这字迹是什么意思？"

"波艾特。SS 波艾特。"

"我不明白。"

"SS 波艾特是一艘货轮的名字。"

"哦，那为什么叫'SS'"，马特尔问道。他的脑海里同时涌现出几十个问题。

"'SS'的意思是'国家货轮'，是美国海军的船只。1980年10月末在百慕大附近海域沉没了，距今已33年，到目前为止，我们一直一无所获，但多亏了你……"

马特尔听了很吃惊，沉默了一阵，他问道：

"一无所获……真的什么都没发现吗？"

"没发现残骸，也没发现船体或是船上的物品。调查人员需要给出一个合理的解释，所以只好声称'波艾特'号是要执行一项秘密任务，但是任务失败了。其实船上装的是玉米，要驶往埃及，却在中途沉没了。但是也有可能船上还装了其他货物……"

马特尔忽然吃惊地发现莫·亚特兰蒂斯没费吹灰之力就打开了盒子，盒子里亮起微弱的银色亮光。

莫·亚特兰蒂斯轻声说："太神奇了！"

"这是……什么？"

盒子里装着闪光的粉末。

莫·亚特兰蒂斯露出了微笑：

"我试着给你解释一下。你是一个很有想象力的男孩子，应该能理解这件怪事……"

莫·亚特兰蒂斯看起来有些失神，过了一会儿，才继续说道："和许多经过这里的船只一样，'波艾特'号也遭遇了神秘事件。1980年10月24日早晨，准确说是1点20分，'波艾特'号从宾夕法尼亚州的吉拉德港准备出航。9点钟船长发回信息反馈了船只的方位和航向，那时，他们刚刚经过特拉华海岸的亨洛彭角，之后船只应驶往直布罗陀海峡。船队计划于1980年11月9日到达埃及的赛德港，然而，悲剧不可避免地发生了……"

莫·亚特兰蒂斯忽然停下了。很明显他的情感受到了他所讲述事件的影响，马特尔对他的沉默表示尊重，也默不作声。

莫·亚特兰蒂斯终于又开始讲述："我的一个朋友在船上做水手，就在沉船的前一刻，他给我发了一个信息：'周围一切都变成白色的了，我们不知道发生了什么事情……'但是，我知道发生了什么。"

"发生了什么?"

莫·亚特兰蒂斯没有回答马特尔的问题,自顾往下讲:"我曾让他在危急时刻收集一些证据,而他也照我说的做了。"

"什么危急时刻?"

"海难!"

)

"硫黄女王"号

"硫黄女王"号是由一艘油船改装的运输硫黄的船舶,于1963年失踪。这一事件一直是航海贸易界的未解之谜。一封1963年2月8日的电报曾提到了对货轮神秘失联进行的调查。而之后,几乎没有发现任何船只的残骸,因此无法断定海难的真实原因,只能进行一系列的猜测:船舱发生了爆炸?船体横梁断裂,船只从中间断成两段?超乎寻常的巨浪?真相永远也不会有人知道……

© Costa/Leemage

1945 年 12 月 5 日 19 号机队 5 驾 "复仇者"式轰炸机失踪案件

　　海军上尉查尔斯·泰勒是这队闻名于世的不幸飞行队的指挥者。据调查，当时飞行员认为他们的飞行位置是在佛罗里达的肯依斯，而事实上飞机位于巴哈马群岛上空。由于飞行过远、飞行时间过长，飞机受到了损害，并用尽了燃料，所以出现了意外。但是调查人员无法解释为何 5 驾飞机的指南针会全部失灵，他们也无法解释为何人们从未发现飞机的任何残骸。

第八章

神奇的沙子还是睡魔?

马特尔吃惊不已，重复道：“海难？您预先知道会发生海难？”

莫·亚特兰蒂斯摇了摇头，还是没有回答马特尔的问题，却问道：

“你猜出盒子里的东西是什么了吗？”

“差不多，是灰尘吗？”

“灰尘？见鬼，才不是呢！这是一种奇特的沙子。这沙子是金褐色的，现在光线太暗，你看不清。但是你看好了……”说着他用手心捧起一小撮沙子，让沙子散落开来。

几秒钟之后，沙粒就像磁铁般又聚合在了一起。

马特尔看得着迷了，喃喃说道：“这怎么可能呢？”

“这些沙子有磁性。”

"有磁性的沙子？"

"正是。"

莫·亚特兰蒂斯沉默了片刻，抬头看着夜空和明月，又说道："你喜欢潜水，那你应该听说过雅克·马约尔吧？"

"呃……没有听说过。"马特尔坦诚相告，"他是谁？"

"他是一个卓越的职业潜水员。很多年前，他发现了这种沙子，并在电视上提到过它，但是科学家们都不相信。"

"为什么？"

"因为雅克提及了一些神秘事件：他觉得这些珍贵的沙子有可能是一万年前消失的古代文明的遗留物，也就是亚特兰蒂斯文明。"

"亚特兰蒂斯？就是和您名字一样的亚特兰蒂斯吗？"

莫·亚特兰蒂斯笑了一下。

"对，和我名字是一样的。你知道亚特兰蒂斯人生活在哪里吗？"

"在亚特兰蒂斯岛。"

"很好，我就知道我不会看错你的。"

"什么？"

莫·亚特兰蒂斯只是温和地笑着，没有回答，然后他又开始讲述：

"亚特兰蒂斯是一个岛屿，一个非常大的岛屿，和大陆没有什么分别。据某些研究员说，这片大洲因为一场巨大的灾难被摧毁了……它可能沉没在比米尼群岛的海底，就离这里不远，在百慕大的正中央。"

马特尔默不作声。他越发疑惑，他不是在做梦吧？为了确认一下，他使劲地掐自己的胳膊。

莫·亚特兰蒂斯继续讲述着，他的声音低沉、温和，有点像个催眠师。

"比米尼群岛有一处十分奇特的潜水胜地，大概 10 米左右深。人们在那里发现了矩形巨石，长度足足有 100 米，石头的切面规整得就像公路路面一般，不过也有可能是倒塌的墙体。"

马特尔盯着莫·亚特兰蒂斯，忽然起了一身鸡皮疙瘩。篝火的火光很微弱，在一片昏暗之中，莫·亚特兰蒂斯的双眼正闪烁着奇异的光芒，几乎可以说是一种银光。

他心跳加速，问道："那您，您知道那是什么吗？"

"嗯，我还知道你发现的这种沙子含有山铜，那是一种对亚特兰蒂斯人来说十分珍贵的金属。我们当时的文明十分发达……"

"我们？"

马特尔忍不住发出了一声惊讶的疑问。

莫·亚特兰蒂斯立刻更正道："他们的文明十分先进。山铜是一种铜合金，与青铜或黄铜接近，当它与其他金属混合时，会产生一种能，亚特兰蒂斯人就使用这种能将其与磁力渗入到沙子中，形成晶体，并释放出一种波，影响了洋流和海底运动……这就是马尾藻海，以及更远范围内百慕大神秘失踪事件发生的原因。"

沉默片刻，莫·亚特兰蒂斯以更加神秘的口吻补充说：

"也有可能是斯石英，这是一种密度很大的多晶体矿物，和硅石相近，是在陨星坑中经高温作用形成的。研究人员发现只有这里存在这种矿石。"

"那又怎样呢？"

"这种矿石有种特性，它可以转化成石英。这种物理、化学变化需要上万年，而亚特兰蒂斯距今为止也有一万两千年了，对吧？"

马特尔问："您的意思是说这证明了亚特兰蒂斯确实存在过？"他越发觉得自己是在做梦了。

"这一点能够证明很多陨星在百慕大地区陨落过，并产生了特别强烈的震动，引发了异乎寻常的灾难。"

马特尔追问："这些灾难足以毁灭亚特兰蒂斯。""亚特兰蒂斯的消失可以算作一个例子。有一个有趣的现象，石英可以发出荧光，它的晶体能够进行双折射：方向不同，它折射的光线也不同。"

"它与'19号机队'飞行员们说的那个白光有关系吗？"

"很有可能！"

"这和SS波艾特发生的海难又有什么关联呢？"

莫·亚特兰蒂斯反问道："你觉得呢？你真的一点儿想法都没有吗？"

就在这时，马特尔忽然觉得很热。

"我不知道……您的水手朋友把沙子放进盒子中是为了……是为什么呢？我想先知道这个问题的答案。"

马特尔用力揉着双眼，忽然觉得特别困倦……

心中有个低沉的声音在对他说：莫·亚特兰蒂斯不会是睡魔吧？

然后他听见一个奇怪的声音，像是一阵爆裂声，然后他猛地清醒了过来……

第九章

另一个世界

马特尔蓦地坐起身，他发现自己身穿短裤、T恤衫坐在自己的床上，床单整整齐齐的。

他揉了揉眼睛，看了一眼放在床头柜上的手表，指针正指在12点零3分。

他自言自语道："什么？我竟然一直睡到了中午？"

"莉莉！"

"什么事？"

他姐姐穿着苹果绿的裙子，从浴室里走了出来。

"我正要叫醒你呢！爸爸和妈妈已经出去潜水了。我们要想吃早餐的话，得抓紧时间，饭店的早餐只供应到10点钟。"

马特尔耸了耸肩膀。

"那现在已经迟了。"

"为什么？"

"已经 12 点多了！"

"你胡说什么呢？现在还不到 9 点呢。"

"什么？可……"

马特尔不可置信地看了看表，表的指针指在 12 点零 4 分。

"表快了 3 小时！幸好，否则浪费了一早晨的时光太让人沮丧了。"这时他记起了那些奇怪的画面，还有谈话，"我做了一个奇怪的梦！"

海滩、篝火营地、装着奇异的磁性闪光沙子的盒子……亚特兰蒂斯的故事，还有一艘船，船的名字叫什么来着？好像是波艾特吧？

他立刻去找平板电脑，急着想确认一些事情！

他在枕头边找到了平板电脑，发现他入睡前最后查询的网页是亚特兰蒂斯。几行字出现在屏幕上：

据柏拉图讲，亚特兰蒂斯分为十个王国，分别

由阿特拉斯和他的九个兄弟统治着，王位由他们的子孙世袭。亚特兰蒂斯的自然资源中，有一种神秘的金属——山铜……

山铜！也在他的梦中出现了！

马特尔忽然一阵兴奋，在搜索引擎中输入了"货轮 / 波艾特 / 海难"。但是网上介绍的并不详细，他又补充了年份：1980 年。他自己也不知道为什么输入了这个年份。

屏幕上出现了一篇文章，是介绍一艘叫"SS 波艾特"的失踪船只的，年份正好是 1980 年，马特尔不禁打了个寒噤：

SS 波艾特最开始的时候是美国海军专用船，用于军队物品运输，后来成为民用船，可运送 7600 吨的货物。1980 年 10 月在从美国驶往埃及途中，突然消失在了百慕大三角地区……

马特尔觉得胃部一阵痉挛，他紧紧握住平板电脑，转向他的姐姐："莉莉，昨晚，我昨晚向你提过要与莫·亚特兰蒂斯在海滩见面吗？"

"你说的是那个奇怪的老先生吗？"

"对，就是他。他想让我午夜的时候去海滩，把那个我在潜水时发现的盒子带给他。"

莉莉用吃惊的眼神望着马特尔。

"你没有和我说这件事。为什么他会对那个盒子感兴趣？"

"因为盒子里装着……"

马特尔急匆匆地打开了床头柜的抽屉，他之前把那个盒子放在了里面。

抽屉是空的！

他喃喃地说道："这说明了什么呢？"

莉莉担心地问："你怎么了？脸色这么白！"

马特尔几乎没听见莉莉的话，他盯着自己的手表，上面显示的时间是 12 点 10 分。

午夜时分。

他小声说："我不知道……我完全不明白了……是不是我现在还在梦中呢？"

"什么?"

莉莉像看一个疯子一样看着他,接着马特尔发出了一阵神经质的笑声。

"没什么,好吧,我们去吃早餐!"

早餐是典型的英式早餐:鸡蛋和培根、吐司面包、橙子果酱、奶油……百慕大群岛是英国的海外领地,这里有各种英国传统:左驾驶汽车、喝茶……还有入口即化的美味司康饼。马特尔品尝着美食,他注意到墙上挂的一幅画:画上是一艘停靠在海湾里的西班牙商船。

在月光的照耀下船看起来很美:雪白的帆、高高的桅杆。画的旁边挂着一些照片,有一个潜水地,有一艘上面盖满了沙子、海藻和海沫的旧船。

"那是著名的'玛丽·西莱斯特'号。"一个男人说道。

马特尔吓了一跳,原来是莫·亚特兰蒂斯,他就坐在他们旁边,这人好像是从地下冒出来的似的。

马特尔迅速给莉莉递了个眼色,然后对莫·亚特兰蒂斯礼貌地微笑了一下。他恰好在这儿出现真是太好了,马特尔迫不及待地想问,昨天晚上他是不是把盒子给他带去了……不是他自己有疑问，他是想让姐姐听到真相。否则如果他把这事讲给她听的时候，她是不会相信的。

"那是一艘双桅帆船，1872年在百慕大海域发现的。船被遗弃在那里，船上的船员都消失了。"

"消失了？"莉莉重复道，她感到不可思议。

"是的。"

"就像这样！"说着莫·亚特兰蒂斯用中指和大拇指打了个响指。

"消失了，或者是被劫持了，我们永远也不会知道谜底，这个区域以前有很多海盗！无论如何，'玛丽·西莱斯特'号变成了一艘幽灵船，这也是世界航海史上最著名的谜团之一。"他沉思片刻接着说道，"后来这艘船又重新启航了，可惜啊！它摆脱不了被诅咒的命运，在1885年它沉没了。据说人们在这片海域找到了它。甚至有人声称照片上的就是它的残骸……"

莫·亚特兰蒂斯指了指画旁边的照片。

"我个人怀疑这不是'玛丽·西莱斯特'号。"

马特尔默默地看了他几秒钟。毫无疑问，这个人很博学，就像一本活的百科全书。

这么说绝不夸张，他还有过之而无不及呢。

"说到谜团，亚特兰蒂斯先生，您能告诉我，我们昨晚是不是聊过天？关于……您知道我指的是什么。"

他不理会莉莉吃惊的眼神。

亚特兰蒂斯说："你指的是什么？对不起，我不明白。"

"我们昨天晚上见面了吧？"马特尔盯着亚特兰蒂斯，坚持着。

"昨天下午我们见过。"

"不，晚上。"

不知道为什么，马特尔不敢提起那个盒子。

亚特兰蒂斯皱起了眉头，用手揉着额头，装作正在回忆的样子。

"是，我晚上有时候会在海滩上给游客们讲一些神秘事件和传说。但是，昨天晚上没有。为什么你会这么问？"

马特尔默不作声，他看到亚特兰蒂斯的目光中闪烁着一种银色的光芒，和他之前那种金属似的光芒有所不同。因此，他心里确信，昨晚亚特兰蒂斯确实在沙滩上给他讲了一些事情。

只是他不肯承认，这应该是他的秘密……

他们的秘密。

或者他可以把秘密写出来……写在一张小纸条上，然后卷起来，放到瓶子中，再扔到海里。

也许吧……

神话与传说

　　神话与传说来自我们的信仰与想象。就像亚特兰蒂斯，虽然从没有人能够证明这片消失的大陆真实存在过，我们却不厌其烦地谈起它。然而许多像雅克·马约尔这样的潜水家在百慕大三角附近的发现引发了大家的猜想！一些人把百慕大三角与亚特兰蒂斯文明联系起来，猜测亚特兰蒂斯人曾使用过水晶，这些水晶会产生磁性，这种磁性如今还在起作用——制造旋涡，致使飞机和船只失事。

　　再举一个例子，那也是一种神化的说法："时空蓝洞"，它与太空中的黑洞类似，会吞噬飞行在百慕大上空的飞机。

© Costa/Leemage

　　尽管百慕大地区发生过许多神秘失踪事件，如今在这里还是有许多空中航线和海上航线。神话和传说并没有对这些旅游线路和贸易线路造成影响，尽管有时这里仍然会发生奇异事件！

　　这是与一直存在的诅咒抗争的方式吗？只有那些幸免于难的人能给我们一个答案……

后 记

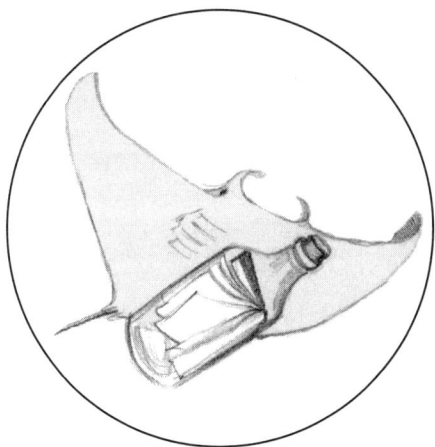

老人选择了马特尔，真是一个正确的决定。这人听觉敏锐、充满了好奇心，有时他的这些品质甚至会让人觉得困扰。

现在他们全家人乘坐的"布鲁姆河"号帆船正行驶在危险的马尾藻海的中央地带。他们一家人都喜欢冒险。

他们自以为对这个传说中的"恐怖之海"已经十分了解了：他们知道哥伦布的水手们的故事；他们也读过流传许久的那些神秘故事：船只被困在海藻丛中，然后沉入了深渊……

他们也同样知道这里就是诞生百慕大三角神话的地方。这个神话故事将会因为这个年轻的潜水员而更具传奇色彩。现在他跳入了海中，在闪着金色光芒的海藻丛中嬉戏。从

"布鲁姆河"号上望去，在海浪与阳光的作用下，海上的景观非常壮丽。

而在海下，景观更令人叹为观止。

海面下隐藏着真相，而发现真相的人屈指可数，雅克·马约尔曾触及过这些真相……

老人再次把注意力转到了"布鲁姆河"号上，他欣赏着白色的船只、白色的帆，真是一艘漂亮的船啊，是值得珍惜的宝贝！他要保证这艘船顺利返航，因为这艘船的主人还有任务需要完成呢，那可不是写一条信息这么简单，他要写的是一本书……

Le Triangle des Bermudes © Bayard Editions, France, 2014

Author：Anouk Journo-Durey

Illustrator：Olivier Desvaux

Simplified Chinese edition arranged through Dakai Agency

Simplified Chinese Translation Copyright © 2024 by Beijing Red Dot

Wisdom Culture Developing Limited Co., Ltd

著作权登记号　图字：01-2024-1184

本书地图系原书插附地图，审图号为 GS（2024）0898 号。

图书在版编目（CIP）数据

魔鬼百慕大三角 /（法）阿诺克·朱尔诺 - 杜雷著 ;（法）奥利维·戴斯沃绘 ; 唐天红译 . — 北京 : 北京科学技术出版社，2024.5

（历史之谜少年科学推理小说）

ISBN 978-7-5714-3496-0

Ⅰ . ①魔… Ⅱ . ①阿… ②奥… ③唐… Ⅲ . ①儿童小说 - 中篇小说 - 法国 - 现代 Ⅳ . ① I565.84

中国国家版本馆 CIP 数据核字（2024）第 007519 号

特约策划：红点智慧	**电　话**：0086-10-66135495（总编室）
策划编辑：黄　莺	0086-10-66113227（发行部）
责任编辑：郑宇芳	**网　址**：www.bkydw.cn
营销编辑：赵倩倩	**印　刷**：保定市中画美凯印刷有限公司
责任印制：吕　越	**开　本**：889 mm×1194 mm　1/32
出 版 人：曾庆宇	**字　数**：64 千字
出版发行：北京科学技术出版社	**印　张**：3.625
社　址：北京西直门南大街 16 号	**版　次**：2024 年 5 月第 1 版
邮政编码：100035	**印　次**：2024 年 5 月第 1 次印刷

ISBN 978-7-5714-3496-0

定　价：25.00 元